Puedes consultar nuestro catálogo en
www.picarona.net

PÁJAROS EN LA CABEZA
Texto e ilustraciones: *Monika Filipina*

1.ª edición: junio de 2018

Título original: *Un passero per capello*

Traducción: *Laura Fanton*
Maquetación: *Montse Martín*
Corrección: *Sara Moreno*

© 2015, Camelozampa
Título publicado por acuerdo con IMC, Ag. Lit., España
www.iemece.com
(Reservados todos los derechos)
© 2018, Ediciones Obelisco, S. L.
www.edicionesobelisco.com
(Reservados los derechos para la lengua española)

Edita: Picarona, sello infantil de Ediciones Obelisco, S. L.
Collita, 23-25. Pol. Ind. Molí de la Bastida
08191 Rubí - Barcelona
Tel. 93 309 85 25 - Fax 93 309 85 23
E-mail: picarona@picarona.net

ISBN: 978-84-9145-180-8
Depósito Legal: B-9.391-2018

*Printed in Spain*

Impreso en España por SAGRAFIC
Passatge Carsí, 6
08025 - Barcelona

# Monika Filipina

# Pájaros en la cabeza

 Picarona

Sofía pasaba mucho tiempo sola.
Le gustaba la compañía de su gato
y de los pájaros, que de vez en cuando
acudían a escucharla tocar el piano.

Un día, Sofía se despertó mucho antes
de lo habitual. El ruido a su alrededor
(gorjeos, trinos, chillidos...) era insoportable.
Se levantó y se miró al espejo.

Sofía estaba aterrorizada.
Había cientos de pájaros en su cabello.
Y no paraban de discutir.

Sofía se sentía fatal, aunque su madre
hacía todo lo posible por animarla.
Los pájaros hacían cada vez más
y más ruido.

No podía escuchar el piano.

Ni siquiera sus pensamientos.

Sofía salió a dar un paseo
con la esperanza de que los pájaros
salieran volando. Pero sólo consiguió
que hiciesen todavía más ruido.
Todo el mundo la miraba
y la señalaba con el dedo.

Se sentó en un banco en el parque.
No podía oír nada más que los pájaros.

De repente se dio cuenta
de que alguien se había sentado
a su lado.

Sofía levantó la mirada.

Y se sintió un poco aliviada.
Las niñas empezaron a hablar.

Al principio casi no podían ni oírse.
Pero mientras hablaban, sucedió algo extraordinario.

Los pájaros comenzaron a volar.

¡De repente, todos los pájaros
habían desaparecido!

Sofía ya no se siente sola.

Y cada vez que un pájaro
vuelve, ¡las dos saben
lo que tienen que hacer!